Reflexionen in Covid-19 Zeiten

Frauen-Union Eichenau

Bibliografische Information der Deutschen Nationalbibliothek:
Die Deutsche Nationalbibliothek verzeichnet diese Publikation in der
Deutschen Nationalbibliografie; detaillierte bibliografische Daten sind im
Internet über http://dnb.dnb.de abrufbar.

© 2020 Christiane Koallick

weitere Mitwirkende: Frauen-Union Eichenau

Cover: Christiane Koallick/ Pixabay

Herstellung und Verlag: BoD – Books on Demand, Norderstedt

ISBN: 978-3-7519-3664-4

VORWORT

70 Frauen, zwischen 22 und 90 Jahren alt - Studentin, Berufstätige, Rentnerinnen, Kommunalpolitikerinnen, Mütter und Großmütter - alles mit und aus Leidenschaft, eint - teilweise seit 40 Jahren - eine besondere Vereinigung: die Frauen-Union Eichenau. Wir treffen uns mindestens einmal im Monat zum Jour Fix. Da wird aktuelles aus der Politik diskutiert, Veranstaltungen geplant und durchgeführt, Vorträgen von interessanten Referentinnen gelauscht. Ob der Weiberfasching organisiert, ob im Seniorenheim ein Maifest oder Nikolaustag mitgestaltet wird, die Osterkrone geschmückt wird oder jede für einen Flohmarkt für einen guten Zweck Schätze spendet, das WIR, die Gemeinschaft zählt.

In Freude und in Trauer, in allen Lebenslagen sind alle füreinander da.

Dann taucht plötzlich dieses Covid-19 Virus auf, zunächst in der Ferne und dann immer näher. Was passiert da mit uns? Auf einmal ganz allein, oder mit der Kernfamilie, isoliert vom vertrauten Umfeld. Alle geplanten Aktionen, Treffen und Ausflüge müssen auf unbestimmte Zeit abgesagt werden. Wann können wir uns alle wiedersehen? Können wir unsere 40-Jahrfeier im Herbst planen?

Dank Digitalisierung boomen Skype, Facetime, WhatsApp und andere Social Media Kanäle in den Familien. Und auch die FU'lerinnen tauschen sich über WhatsApp, Telefonate und ein Winken aus der Ferne aus.

Viele Gedanken - positiv, wie negativ - bewegen alle. Teils unausgesprochen, teils in WhatsApp, E-mails und Briefen festgehalten. Diese Gedanken von uns, den Eichenauer FU'lerinnen verdienen es, festgehalten zu werden, damit wir uns später erinnern können, wie es sich angefühlt hat, als alles anders war im Frühjahr 2020.

Christiane Koallick
1.Vorsitzende Frauen-Union Eichenau

Chronologie der Corona-Pandemie   (Quelle WamS/ CSU)
11. Januar 2020
China meldet den ersten Toten
20. Januar 2020
Erste Fälle treten in USA, Japan und Thailand auf
22. Januar 2020
D. Trump erklärt, er habe alles unter Kontrolle
23. Januar 2020
China riegelt die Millionenstadt Wuhan ab
27. Januar 2020
Die erste Infektion in Deutschland wird in Bayern entdeckt
30. Januar 2020
Die WHO erklärt einen globalen Gesundheitsnotstand
14. Februar 2020
Frankreich meldet den ersten Toten in Europa
23. Februar 2020
Mehrere norditalienische Städte erlassen Ausgangssperren
26. Februar 2020
In Heinsberg zahlreiche Ansteckungen bei Karnevalssitzung
29. Februar 2020
Erste Absage einer Großveranstaltung in Deutschland
9. März 2020
Die ersten zwei Todesfälle treten in NRW auf
11. März 2020
Bundespressekonferenz von Dr. Angela Merkel
WHO stuft Corona-Infektion als globale Pandemie ein
13. März 2020
Alle Schulen in Deutschland werden bis Ostern geschlossen
15. März 2020
Innenminister Seehofer für wieder Grenzkontrollen ein
18. März 2020
Fernsehansprache unserer Bundeskanzlerin:
„Es ist ernst, nehmen Sie es auch ernst"
20. März 2020
Bayern und Saarland für Ausgangs- und Kontaktbeschränkungen ein

22. März 2020
Die übrigen Bundesländer ziehen nach
1.April 2020
Bund und Länder verlängern die Einschränkungen bis 19. April
6. April 2020
Jena führt als erste Stadt Maskenpflicht ein
15. April 2020
Die Bundesregierung vereinbart mit den Ländern die Beschränkungen
bis zum 3. Mai, aber auch einen Rahmenplan für Lockerungen.
Der Bayernplan:
ab 20.4.:
- Sport/ Spaziergang mit 1 Person außerhalb des Haushalts
- Öffnung von Baumärkten und Gärtnereien
- Digitaler Hochschulbetrieb
ab 27.4.:
- Öffnung von KFZ-, Fahrrad- und Buchhandlungen
- Öffnung von Geschäften bis 800qm
- Öffnung von staatlichen Bibliotheken
ab 4.5.:
Öffnung von Friseurgeschäften
ab 6.5.:
- individuelle Kontaktbeschränkung, eine Kontaktperson
- Besuche von Verwandten der geraden Linie und Geschwistern
- Aufhebung der 800qm Grenze im Handel
- Öffnung von Spielplätzen
ab 11.5.:
- Öffnung von Bibliotheken, Zoos und Museen unter Auflagen
- Kontaktloser Einzelsport im Freien wird ermöglicht
ab 18.5:
- Präsenzunterricht im Wechsel
- Öffnung Außenbereiche von Gaststätten unter Auflagen bis 20 Uhr
ab 25.5.:
-Öffnung Innenbereiche von Gaststätten unter Auflagen bis 22 Uhr
ab 30.5.:
-Öffnung von Hotels unter Auflagen

Ansichten und Einsichten

Der Corona-Virus oder das Corona-Virus? Schon da beginnt die Unsicherheit. Sicher ist, weiblich ist es nicht. Ich möchte auch nicht behaupten, daß diese Pandemie nur männlich sein kann. Also bleibe ich sächlich, bzw. auch sachlich.

Das Virus, das uns 75 Jahre nach Kriegsende als Feind überfällt, trifft in Deutschland auf Bürger, die in einem sicheren Sozialstaat leben. Der Schutz von uns allen hat oberste Priorität. Unsere Regierungsvertreter in Berlin und unser Ministerpräsident tun alles, damit wir gut - vielleicht mit ein paar Schrammen - durch diese Pandemie kommen.

Ja - es ist schwierig für viele Arbeitnehmer und Arbeitgeber. Ja – es ist schwierig, Homeoffice und Homeschooling unter einen Hut zu bekommen. Pflegekräfte fehlen, unsere Senioren leiden unter der Isolation. Aber - wir haben ein Dach über dem Kopf, wir haben zu essen und zu trinken, sogar für Toilettenpapier ist gesorgt! Bei uns fällt niemand durchs soziale Netz.

Hoffnungsvoll machen mich die vielen Zeichen des näher zusammenrückens, des mit- und füreinander. Wir kümmern uns um unsere Nachbarn und nehmen die wahr, die in den verschiedensten Bereichen die „guten Geister" sind.

Traurig macht mich der Anstieg von häuslicher Gewalt an Frauen und Kindern aufgrund der Isolation. Hier sind wir alle gefordert, Augen und Ohren offen zu halten, um helfend eingreifen zu können.

Nachdenklich macht mich, warum in den Medien viele Themen plötzlich nicht mehr vorkommen: was passiert in den Kriegsregionen? Sind die Flüchtlinge in den Lagern in Griechenland und der Türkei vergessen?

Wütend machen mich Despoten, Populisten, Deppen und Selbstdarsteller weltweit, denen ihre Bürger egal sind. Die die Pandemie negieren, die Wirtschaft über die Menschen stellen.

Verständnislos machen mich Menschen, die zu Tausenden u.a. gegen angebliche Einschränkung ihrer Bürgerrechte etc. demonstrieren. Ohne Mundschutz, ohne Abstand und vor allem ohne Anstand und Verstand. Dabei ist das Demonstrationsrecht bzw. die freie Meinungsäußerung eines der wichtigsten Bürgerrechte in unserem Land.

Begeistert hat mich das Angebot der Kulturschaffenden. Selbst sind sie hart getroffen, da Theater und Konzerthallen in absehbarer Zeit noch nicht öffnen können. Aber sie schaffen uns vom Bildschirm zum Sofa unvergessliche Momente: Ob Konzerte oder Museumsbesuche – ein tolles Angebot. Vom Wohnzimmer-Konzert der Kreismusikschule FFB bis zum Wohnzimmer-Konzert der Metropolitan Opera New York - magische Momente!

Mein Herz berührt hat eine Reise in die eigene Vergangenheit. Zunächst sehr traurig, daß eine lange geplante Reise im Mai nicht stattfinden kann. Statt der Entdeckung ferner Kulturen und Tiere, plötzlich auf die eigenen bekannten vier Wände reduziert zu sein. Da fiel mir ein Artikel über Xavier de Maistre, der 1790 in Turin wegen eines unerlaubten Duells zu Hausarrest verurteilt war, in die Hände. Aus Langeweile trat er eine Reise um sein Zimmer an. Welch' eine schöne Idee! Meine Reise fand im Wohnzimmer - unserem Lebensmittelpunkt - statt. Welche erinnerungsreichen Schätze verbergen sich da in Schubladen und Regalen. Z.B. der Kneifer meines Urgroßvaters neben einem Rechenschieber, ausgerechnet gekauft in Wuhan. Alte Poesiealben der kleinen Christiane, alte Familienfotos und Reiseberichte vergangener exotischer Reisen. Unter anderem auch der Reise in die Antarktis, bei der ich meinen Mann kennengelernt habe. Welche Schätze - welche Erinnerungen! Danke Corona, daß Du mir die Gelegenheit für viele schöne Tage beschert hast.

Christiane Koallick

Leben in Corona-Zeiten mit Ausgangs- und Kontaktbeschränkungen

Anfangs habe ich noch gedacht, halb so schlimm, bleiben wir halt zuhause, ich kann mich mit all den Dingen beschäftigen, die irgendwie immer liegen geblieben sind. Aber je länger es gedauert hat, umso unangenehmer wurde es. Mein Mann war für längere Zeit in Reha, kein Besuch von Kindern und Enkelkindern, kein Kontakt zu Freunden und Bekannten, es war schon sehr still im Haus. Also habe ich mich mit Dingen beschäftigt, für die ich mir sonst nie Zeit genommen habe. Ein Buch lesen, einfach den Garten genießen, in der Sonne sitzen, den Vögeln lauschen und die Natur beobachten. Ich habe festgestellt, es ist entspannend und beruhigend. Nichtsdestotrotz haben mir die sozialen Kontakte gefehlt, die monatlichen FU Treffen, gemeinsame Veranstaltungen, die Diskussionen über politische Themen, der Meinungsaustausch, einfach der Ratsch mit Gleichgesinnten. Gott sei Dank gibt's WhatsApp, die lustigen oder besinnlichen Beiträge haben mich immer gefreut. Das Highlight war sicher unser gemeinsames virtuelles Treffen am Ostersonntag um 11.00 Uhr mit einem Gläschen Sekt. Kleine Video-Aufnahmen von meinen Enkelkindern waren sowieso das Höchste. Wenn's mir gar zu still wurde, habe ich zum Telefon gegriffen und Freunde, Bekannte und Verwandte angerufen und auch immer ein offenes Ohr gefunden.

Unsere Politiker, ob Söder in Bayern oder Merkel in Berlin, haben meiner Meinung nach sehr umsichtig gehandelt und frühzeitig reagiert. Ganz toll fand ich, dass die Zusammenarbeit mit der Opposition gut geklappt hat, so sollte es halt immer sein, aber mittlerweile schleicht sich das alte Gegeneinander wieder ein. Wenn ich mir das Chaos in vielen anderen Ländern wie Italien, Frankreich, Spanien und England so anschaue, bin ich froh in Deutschland, mit seinem stabilen Gesundheitssystem und seiner vernünftigen Regierung, zu leben.

Ich glaube wir werden, auch wenn jetzt gewisse Lockerungen in Aussicht gestellt werden, noch einige Zeit mit Einschränkungen,

Gesichtsmasken und Abstandsregeln leben müssen. Ich halte es auch für notwendig und lebe nach dem Motto „Augen zu und durch", es geht alles vorüber und es gibt ganz sicher eine Zeit nach Corona. Darauf freue ich mich und ich freue mich dann auf ein Wiedersehen mit Kindern, Enkel, Freunden und Bekannten, auch auf gemeinsame Ausflüge, Veranstaltungen, Diskussionen und einen gemütlichen Ratsch mit den FU-Damen.

I.E.

Corona hin, Corona her,
ich sitze hier im Blumenmeer!

Die Welt steht still, die Zeit vergeht
und schwupps ist Frühling in jedem Beet.

Das Schöne ist, es geht vorbei und dann
kommt wieder Allerlei!

Mit schönen und auch positiven Momenten
und daran sollte jeder denken.

Elgien Feldmeier

Da Mitglieder meiner Familie täglich mit den erkrankten Menschen Kontakt haben, waren wir anfänglich verunsichert, wie alles weitergeht und wie schnell wir zu den Betroffenen gehören. Corona brachte mir dann mehr Zeit um wichtige Dinge direkt anzugehen, da alle anderen Verpflichtungen und Termine ausfielen.

Büchertürme verkleinerten sich, Bilder und Erinnerungen der letzten 10 Jahre wurden endlich geordnet und in Alben archiviert. Vernachlässigte Ecken im Haus wurden auf den neusten Stand gebracht und die Nähmaschine hervorgeholt um unterschiedlichste Masken zu nähen.

Mit meinen Mitgliedern aus der Multiplen-Sklerose-Gruppe führte ich einige Gespräche per Telefon. Einige fühlten sich sehr einsam und alleingelassen. Durch das Fehlen persönlicher Kontakte und auch ihrer sportlichen Aktivitäten merkten sie, daß die ganze Situation sie psychisch sehr belastet und das körperliche Wohlbefinden leidet. Ein Gruppenmitglied nutzte die Zeit und war 5 Wochen in der Marianne-Strauß-Klinik mit individueller Betreuung und Seeblick.

Problematisch ist dieses Hoffen und Bangen, um mögliche Termine nach Corona festlegen zu können. Eine verbindliche Planung für die kommenden Monate ist kaum möglich. Am Ende eines jeden Monats findet mein Terminhopping statt.

An der Politik stört mich das unpräzise Handeln, die Verbreitung von Angst und die Ausgabe der Gelder nach dem Gießkannenprinzip. Maßnahmen wurden nicht genug hinterfragt und die Wissenschaftler gaben eher ihr Unwissen preis. Ruhe und Sachverstand hätten uns gut getan.

Drei Dinge helfen, die Mühseligkeiten des Alltags zu tragen: Die Hoffnung, der Schlaf und das Lachen! (Immanuel Kant)

Bleibt gesund und fit!

Sigrid Straube

Ich hatte am Anfang der Pandemie nur Eins im Kopf:
Meine Familie. Was wird aus ihnen, wenn mir etwas passiert?
Dann diese Isolation von Freunden, Bekannten usw.
Wie geht es weiter? Sind unsere Politiker ehrlich?

Gianna Cotugno

Für Singles war es und ist es
trotz lieber, treuer Freunde
eine schwere Zeit.
N.N.

Was soll man dazu sagen? Wir alle leiden unter dem Virus.
Am schlimmsten war Ostern, bei uns ist da immer die ganze
Familie beisammen gewesen und diesmal habe ich meine Kinder
nur vom Gartenzaun aus gesehen. Und vor allem das „Alleinsein"
das ging schon aufs Gemüt.
Aber es wird ja jetzt langsam besser, hoffe nur es kommt kein
Rückschlag.

Bleibt alle gesund!

Brigitte Schandl

Zwei Monate in Zeiten von Corona

Das Glück war mit uns, als wir am 9. März 2020 unseren lange geplanten Urlaub in Mexiko antreten konnten. Die Spannung vorher war groß, weil durch Corona bereits Reisebeschränkungen im Raum standen. Jedoch konnten wir unsere knapp zwei Wochen Rundreise fast ohne Einschränkungen durchführen. Gegen Ende waren wir fast alleine bei den Sehenswürdigkeiten, aber geschlossen war dort noch nichts. Als wir dann in unserem Badehotel angekommen sind, haben wir uns beim Auswärtigen Amt registriert, bei der Reisegesellschaft gemeldet und nachgefragt, wie es weitergeht, denn unser Rückflug, geplant für eine Woche später, war bereits gestrichen. FTI hat sich jedoch gut gekümmert und den Rückflug in Zusammenarbeit mit dem Auswärtigen Amt organisiert. So waren wir noch 6 Nächte in einem wunderbaren Hotel und haben ganz Deutschland samt mittlerweile angeordneter Ausgangsbeschränkungen bedauert. Wir haben uns jedenfalls sehr sicher gefühlt. Nur der Rückflug mit 300 Personen im Flugzeug war uns nicht ganz koscher. Dann mit einem fast leeren ICE von Frankfurt nach Hause - eher wieder kein Problem.

Die Familie wollte uns dann aber nicht sehen, vor allem meine Mutter und das Enkelkind mussten wir natürlich schützen. Auch mein Chef hat mich gebeten, zwei weitere Wochen Urlaub zu nehmen, was ich dann auch gemacht habe. Gelegenheit, mein Haus auf Vordermann zu bringen, auch nicht schlecht. Jedenfalls war ich dann mindestens 5 Wochen im Urlaubsmodus und habe mich mal richtig gut erholt. Nach den vielen Jahren mit so vielen Terminen, empfinde ich das bis jetzt noch als sehr angenehm.

Dann kam Ostern und langsam ist die Familie wieder zusammengekommen, weil ja sicher war, dass wir aus dem Ausland kein Corona mitgebracht hatten. Nun bin ich auch wieder jeden Donnerstag und Freitag im Büro, donnerstags fahre ich zusammen mit meinem Mann Auto, freitags dann mit der S-Bahn. Mein Mann ist die andere Zeit daheim im Home-Office. Glücklicherweise wohnen unsere Kinder gleich nebenan, sodass wir uns täglich sehen bzw. ich viel Oma-Dienst übernehmen darf. Ebenso habe ich nun wieder einen Teil der Versorgung meiner Mutter übernommen, was mich doch sehr bindet.

Die Einschränkungen wurden nun zwar gelockert, Mund-/Nasen-schutz ist aber fast überall notwendig. Finde ich auch richtig! Unser Ministerpräsident Markus Söder hat sich bisher gut geschlagen, nur sollte er sich jetzt nicht von der Wirtschaft treiben lassen.

Mein Plan ist nun erstmal, von unserem Urlaub ein Fotobuch zu erstellen. Das ist sehr aufwendig, mühsam und dauert viele Abende, da tagsüber die Zeit nicht ausreicht. Diese Woche wird perfekt dazu sein, weil das Wetter nicht so gut angesagt ist. Dann werden wir versuchen, unser E-Bike über den Sommer so oft als möglich zu nutzen, so manches Ziel steckt schon in meinem Kopf.

Ja, dieses Jahr bringt viele Veränderungen. Meine Zeit im Gemeinderat ist zu Ende, meine Familie wächst weiter und ich freue mich sehr auf die neuen Aufgaben. Corona bremst uns aus, was ich nicht als so schlimm empfinde. Nur sollte sich keiner aus der Familie anstecken! Im Urlaub habe ich zwei historische Romane gelesen. Da ist mir wieder einmal bewußt geworden, wie hart die Zeiten damals waren. Ich denke, wir sollten nicht mit jeder Einschränkung hadern, sondern das Beste daraus machen und uns auf das Wichtigste besinnen, was wir haben: Gesundheit.

Da dies alles natürlich mit einer gewissen Kontaktarmut einher-geht, freue ich mich schon sehr darauf, wieder Freunde zu treffen, gemeinsam zu feiern und zu lachen und im nächsten Jahr vielleicht auch wieder mal in Urlaub zu fahren.

Inge Hoffmann

Mir fallen ganz viele tolle Entwicklungen auf, die wir aus der aktuellen Krise bei aller Negativität doch positiv mitnehmen können.

Zum Beispiel:
- Mir wird immer bewusster, was mir im Leben wirklich wichtig ist. Und das ist vor allem anderen die Familie. Die Zeit mit der Familie weiß ich nun viel bewusster zu genießen.
- Inzwischen sieht mein Sohn seine Omas und Opas viel häufiger, weil wir täglich mit allen facetimen. Früher haben wir uns doch seltener besucht. Klar ist ein Besuch viel schöner und intensiver, aber diese kurzen Updates per FaceTime wollen wir auf jeden Fall beibehalten.
- Auch unsere Eichenauer Vereine werden zunehmend kreativ. Beispielsweise wird das nächste Frühjahrskonzert der Kreismusikschule auf YouTube live übertragen. Mit solch' neuen Formaten holt man sicherlich noch mehr Leute ab, die sonst vielleicht keine Gelegenheit haben, an Konzerten außerhalb der eigenen vier Wände teilzunehmen. Tolle Sache auch für die Zukunft.
- Selbst Dinge wie Arztbesuche sind plötzlich digital möglich und werden nun in der Krise flexibler denn je gehandhabt. Erst gestern stand ein Kinderarztbesuch per Livekonferenz vom Wohnzimmer aus an - wir waren begeistert wie gut das geklappt hat. Auch hier können wir in der Zukunft die Digitalisierung noch intelligenter nutzen.
- Auch in Sachen digitale Sitzungen bin ich als Mama begeistert, dass ich nicht immer irgendwo hinfahren muss, um zu tagen, sondern dass plötzlich die Teilnahme an einer Vorstandssitzung auch von daheim aus ermöglicht wird.

Mir würden noch viele weitere Beispiele einfallen. Wie Ihr seht, bin ich begeistert von dem kreativen Nutzen der Digitalisierung im Moment und hoffe, dass vieles beibehalten wird.
An erster Stelle hoffe ich aber, dass wir die Krise baldmöglichst überstehen und gestärkt daraus hervorgehen.

Céline Lauer

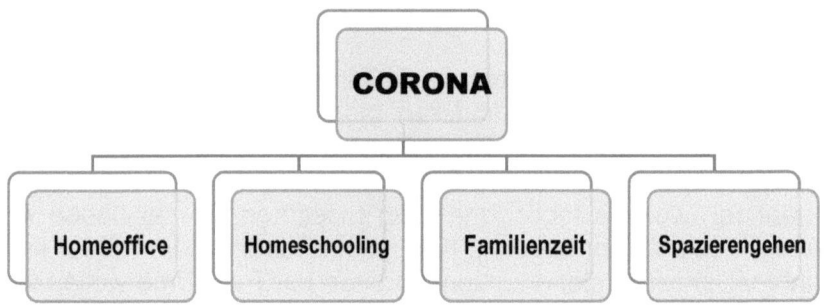

Dr. Anette Banik

Meine Gedanken zu Corona

Unter der Woche ist das oft total nervig. Für meine Jüngste „darf"
ich Ersatzlehrerin sein (die Großen machen das selbstständig).
Parallel soll ich auch noch arbeiten bzw. Homeoffice machen und
den Haushalt nicht vergessen. Hier habe ich allerdings Hilfe, weil
ja keine Schule ist. Einkaufen ist schwierig, weil ich für Oma mit
einkaufe und vieles nicht da ist/war.
Die Wochenenden sind fast ein Traum, weil endlich mehr Zeit für
die Familie ist. Hier ist es super, dass wir alle in einem Haus
leben und einen großen Garten mit Pool haben.
Eigentlich wirkt sich die Pandemie bei uns nicht so schlimm aus,
als bei anderen. Dafür bin ich dankbar. Auch zeigt das Virus, was
wirklich wichtig ist im Leben.
Aber die Treffen mit Freunden fehlen mir total, das Sitzen wir
auch noch aus!

Martina Wölfl

Leben ist das was passiert,
während Du eifrig dabei bist, andere Pläne zu schmieden.
John Lennon

Oder: 2020 – ein Jahr, das sich nicht planen lässt...
Absagen meiner geliebten Sport- und Sprachkurse, Familienfeiern, Vereinsjubiläen, Countrykonzerte von CROSS 5, Maifeste, Ausflüge, FU-Treffen...der Kalender leert sich wie von selbst.
Wie fülle ich die Tage, was schenkt Freude und Zufriedenheit?
Mit den Händen arbeiten, wie kochen und backen, wenn es sein muss auch Brot, im Garten Blumen und Gemüse pflanzen, Unkraut zupfen, an der Nähmaschine Masken für mich und die Verwandtschaft nähen...
Musestunden einlegen mit Lesen, Rommé spielen, Sudoku lösen, ratschen über den Gartenzaun...
Radtouren in die Umgebung: Olchinger See, Ampersee, Dachauer Schloßgarten mit Brotzeit und Piccolo aus dem Rucksack...die Natur vor der Haustür bietet so viel!

Weitere Aussichten:
Auch an ein Leben mit Maske kann man sich gewöhnen!

Angelika Jung

Im Dezember werde ich 90 und gehöre damit zur Risikogruppe. Ich bleibe selbstverständlich zuhause. Aber in den vier Wänden ist es sehr einsam. Ich kann nicht mehr meiner Leidenschaft, dem Lesen, nachgehen, da ich nur noch wenig sehe. Meine Familie kümmert sich rührend, wenn auch der persönliche Kontakt fehlt. Immerhin werde ich in Kürze zum sechsten Mal Uroma.

Edith Gierisch

WAS CORONAVIRUS FÜR MICH BEDEUTET ?

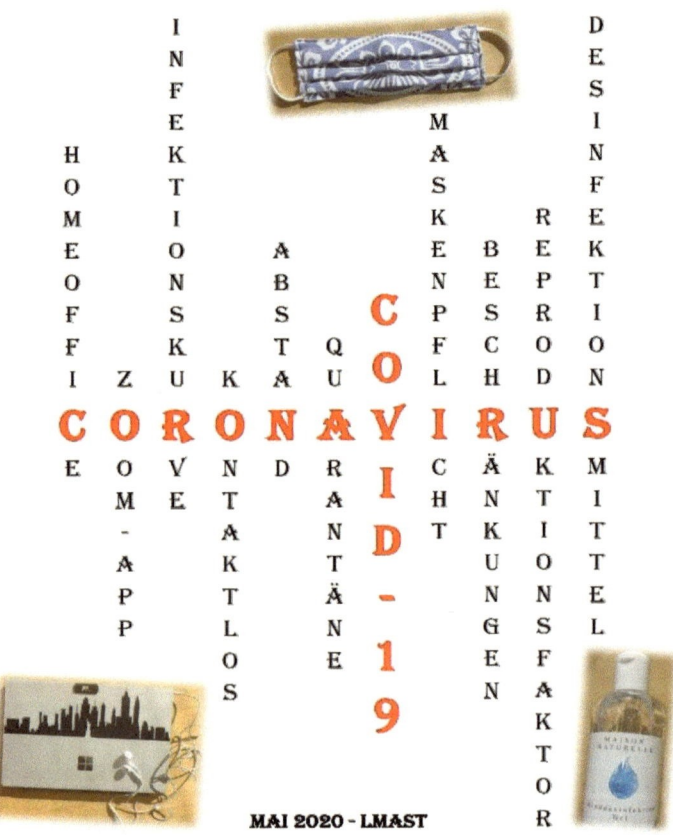

CORONAVIRUS

COVID-19

INFEKTIONSKU... HOMEOFFIZE / HOME-APP / ABSTANDS... / QUARANTÄNE / MASKENPFLICHT / REPRODUKTIONSFAKTOR / DESINFEKTIONSMITTEL

MAI 2020 - LMAST

Lara Stenssen

Zur Corona-Krise

Sie Ist grausam. Es macht mich traurig und hilflos,
daß Kinder so hart auf sehr vieles verzichten müssen.
Die Eltern, die am Rande des Nervenzusammen-
bruchs sind. Viele der Einschränkungen müssten
nicht sein. Ich erlebe die negativen Folgen bereits
an meinen Enkeltöchtern.
Mich als Seniorin trifft es nicht hart. Ich halte mich an
die Vorschriften, kann radeln, mich in der freien
Natur bewegen und mit Abstand Freunde treffen.
Es fehlt zwar einiges, doch das ist gegenüber
der gesamten Krise ein Klacks.

Gerlinde Fluck

Also im Großen und Ganzen habe ich mich an die derzeitigen
Umstände gewöhnt und komme mittlerweile gut zurecht.

Zur Politik möchte ich sagen, daß ich es gut finde, wie sie uns
bisher durch die Krise geführt haben. Unser MP macht die Sache
gut!

N.N.

- ❖ Ich bin positiv eingestellt, es wird wieder alles gut. Es wird wieder alles so, wie es war.

- ❖ Durch das Homeoffice bin ich nun 24 Stunden mit meinem Mann zusammen, den ich unter der Woche normal nur immer kurz gesehen habe. Ich bin positiv überrascht, wie toll es mit ihm funktioniert. Er im 1. Stock im Büro; ich im EG, da ich durch meine Teilzeit um 13.30 Uhr mein Homeoffice beenden darf. Wir treffen uns jeden Homeoffice-Tag zur gemeinsamen Brotzeit am Vormittag; er holt davor schnell Semmeln/Brezen und richtet auf der Terrasse alles her. Ich wusste gar nicht, daß er auch dazu fähig ist!! Also auch positive Erfahrungen gesammelt während der Corona Zeit.

- ❖ Ich bin froh, dass ich nicht alleinstehend bin, da stelle ich es mir nicht so lustig vor.

- ❖ Unser Herr Söder macht tolle Arbeit, bringt das souverän und glaubwürdig rüber.

- ❖ Meine Nachbarin hat ein Buch geschrieben, daß ich während des "Hausarrest" richtig verschlungen habe. Kann ich wärmstens empfehlen, obwohl ich sehr selten ein Buch lese.

Brigitte Zeiler

Ich bin zufrieden – und vor allem sehr dankbar, daß alle in meiner Familie gesund sind.
Wie sage ich immer: „Muß ja"!
Ich hoffe sehr, daß wir bald wieder Gelegenheit haben, uns zu treffen. Das fehlt mir schon sehr.

Erika Domenikus

Anno 2020 (Corona)

Mich beschäftigt, wie es weitergeht.

Für mich als Schulweghelferin, meiner Familie, Freunden und den Kindern in der Coronakrise.

Jeden Tag wird man überhäuft mit Informationen aus den Medien, mit neuen Nachrichten bzw. Botschafen. Man ist im Zweifel, weil keiner so recht weiß, wann es vorbei ist und sich der Virus bereits überall auf unserer Welt ausgebreitet hat. Bin in Sorge, daß der Gipfel der Krise noch lange nicht erreicht ist.

Ich habe gewisse **Ängste und Nöte,** ob die Versorgung weiterhin gewährleistet ist; um unsere Zahlungsfähigkeit im Privaten und des Staates, um seelische Erkrankungen derer, die alles verloren haben.

Ich mache mir auch **Gedanken** über Betrüger, die ein leichtes Spiel während und nach der Krise haben, weil es in Notsituationen schwer ist, den ehrlichen Menschen vom Gauner zu unterscheiden.

Positiv ist meiner Meinung nach, daß Herr Söder in Bayern alles richtig gemacht hat und nicht abwartet, daß andere Bundesländer über uns entscheiden. Er hat auch den Mut, wenn es mit seinen Vorgaben bzw. Entscheidungen nicht klappt, daß er zurück rudern wird. Er vertritt seine Meinung und seinen Standpunkt gegenüber den anderen Ministern klar und deutlich.

Ich **wünsche** mir, daß wir nach der Coronakrise uns an wesentliche Dinge des Lebens wieder erinnern. Wie, keine Vorurteile gegenüber anderen, nicht nur an sich denken, füreinander da sein und uns alle wieder schätzen lernen.

Wichtig ist auch, daß wir in Bayern zuerst an uns denken und uns wieder wirtschaftlich dort hinbringen, wo wir waren.

Mir, bzw. uns, fällt es in der Krise nicht besonders schwer, zuhause zu bleiben. Ich stricke, sticke, nähe für Bekannte und Verwandte Gesichtsmasken. Habe in der Zeit das Buch vom Papst Franziskus „Mein Leben als Weg" und das Buch vom Gerd Müller gelesen. Mein Mann geht dreimal die Woche zur Arbeit.

Wir machen auch vieles zusammen, wie Radfahren, zusammen essen, spazieren gehen, faulenzen und auch mal streiten.

Hoffe, daß der Spuk bald ein Ende hat und die Normalität wieder eintritt!

Mein Lieblingsspruch:
Wer verlangt ist kein Narr, nur wer gibt
(Spruch meines Vaters)

Helga Merl

- ✓ **35 Jahre** bei der Frauen-Union Eichenau, davon
- ✓ **30 Jahre** im Vorstand, davon
- ✓ **16 Jahre** das Geschirrlager betreut
- ✓ Bei jedem Ausflug dabei gewesen

Und jetzt? Coronabedingte Entzugserscheinungen!!!

Anita Schäfer-Langohr

Zur Corona-Langeweile

Die Tage und Wochen vergehen und vergehen, ohne große Veränderungen. Alles, was schön war und unseren Alltag erfreulich machte, wurde immer spärlicher. Keine Highlights, kaum noch Kontakte, keine Familientreffen, kein Shopping – gar nichts mehr war möglich. Da kommt man ja auf die unmöglichsten Ideen, sich Beschäftigungen zu suchen.

Bei mir sah das so aus, daß ich anfing Gesichtsmasken zu nähen. Ohne exakte Kenntnisse, einfach aus der Not, weil es ja keine zu kaufen gab. Ich wollte, daß sich meine Kinder und Enkel schützen, die ja noch zur Arbeit, bzw. zur Uni gingen. Da habe ich eine Lawine losgetreten!!! Mundpropaganda geht im Notfall rasend schnell, was zur Folge hatte, daß ich 59 Masken genäht habe. Alle mit Filter aus Staubsaugerbeuteln in der Mitte. Die Nr. 60 habe ich jetzt für unsere Vorsitzende angefertigt und ich hoffe, sie kann sie noch gebrauchen, obwohl es ja keinen Mangel mehr gibt. Da war ich ja nun eine Weile beschäftigt, aber einsam war das schon auch.

Für mehr Action habe ich dann das ganze Haus auf den Kopf gestellt. Geputzt, aussortiert und teilweise renoviert – wie konnte ich nur so blöd sein! Ganz allein und ohne die geringste Hilfe – aber wenn man angefangen hat, muß man da durch. Großer Gott im Himmel, so viel und teilweise schwere Arbeit, bis ich platt war und fix und fertig – aber das Haus glänzt!!!

Corona hat ja eigentlich für Ruhe und Besinnlichkeit gesorgt und ich hätte mich erholen können, aber... selbst schuld, oder?

Meine Sammlung von Konsalik-Büchern haben mich dann zur Ruhe gebracht und ich habe eins nach dem anderen gelesen, bis meine alten Knochen wieder beweglich waren.

Wir wollen doch Alle hoffen, daß es weitere Erleichterungen gibt und unser Leben wieder lebenswerter wird.
In diesem Sinne, Daumen hoch und nicht trübsinnig werden – das stehen wir durch!

Alles, alles Liebe, viel Kraft allen FU-Freundinnen. Ich freue mich sehr, wenn wir uns wieder treffen können.

Gerdi Gohlke

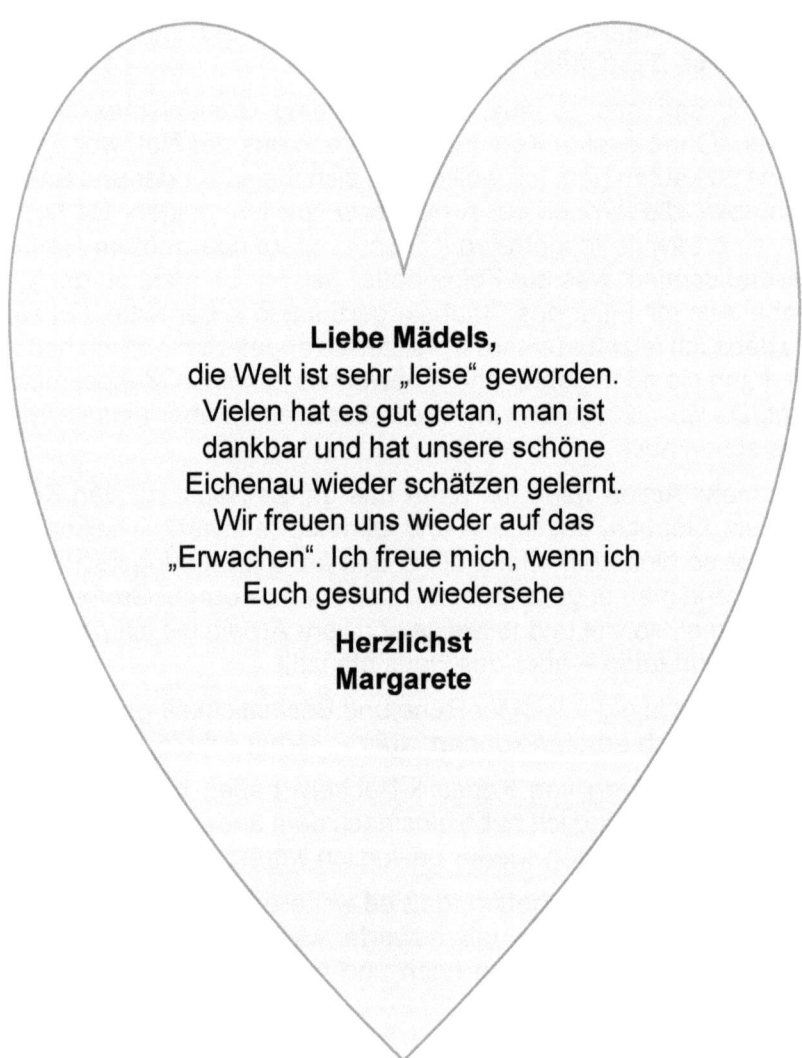

Liebe Mädels,
die Welt ist sehr „leise" geworden.
Vielen hat es gut getan, man ist
dankbar und hat unsere schöne
Eichenau wieder schätzen gelernt.
Wir freuen uns wieder auf das
„Erwachen". Ich freue mich, wenn ich
Euch gesund wiedersehe

Herzlichst
Margarete

Wir haben dieses Jahr – 2020 – unser 40-jähriges Jubiläum der FU Eichenau und hatten uns schon darauf gefreut. Leider muss es verschoben werden. Die Situation kann vermutlich niemand einschätzen, man weiß nicht, wie lange alles dauert. Unsere private, gebuchte Schweiz-Reise sollen wir z.B. jetzt bezahlen, doch es ist fraglich, ob wir überhaupt fahren können. Es besteht Ungewissheit.

Außerdem ist es sehr negativ, daß man nicht einmal die Enkelkinder besuchen kann.

Zum Herrn Söder haben wir großes Vertrauen. Viele Dinge sind unverständlich, z.B. Gärtnereien geschlossen usw.

24 Stunden mit meinem Mann allein sein ist kein Problem. Nach dem Frühstück lesen wir die Zeitung, den Merkur. Mein Mann schaut dann den E-Mail-Eingang an. Außerdem hat man genug Zeit zu lesen. Besondere Sprüche brauchen wir nicht.

Was mir abgeht, sind unsere FU-Treffen und auch die Ausflüge, wo die Männer ja auch teilweise mit durften. Ich spiele auch gerne am Computer Solitair.

Irmgard Steffan

Also ganz super finde ich unsere WhatsApp-Spielereien, da kommt keine Langeweile auf! Aber langsam fällt mir die Decke schon auf den Kopf, weil wir halt gar keinen persönlichen Kontakt haben können. Nun habe ich auch mein Talent als Maskennäherin versucht, aber bei der 3. abgebrochen! Also ich bin ja patriotische Österreicherin und vergleiche halt die Handlungen mit den unsrigen. Aber ich finde, daß sie die Kurve in Bayern ganz gut hinkriegen. Angst habe ich schon, wenn ich denke, wie und wie lange uns das Virus in Atem hält. Die Meinungen gehen ja sehr verschieden auseinander.

G.G.

Die ganze Welt ist von der Seuche Corona betroffen

Meine persönliche Meinung ist, es ist sehr schlimm, daß wir unsere Kinder, einschließlich Enkelkinder und Freunde, sowie auch unsere Bekannten nur aus Distanz und aus der Ferne sehen zu dürfen.

Aber es ist nicht schlecht, daß sich die ganze Welt mal Gedanken macht. Wie soll es weitergehen? In unserem Hausarrest hatten wir viel Zeit zum Nachdenken. Als Erstes sollten wir auf unseren bayerischen Ministerpräsidenten Markus Söder hören.

Aber nicht nur hören, sondern auch befolgen!

Ferner finde ich die große Hilfsbereitschaft unserer Freunde und Bekannten gut, vor allem unserer Kinder, die uns oft, wenn wir in ein Loch gefallen sind, wieder Trost zugesprochen haben.

Ich finde es ganz besonders schlimm, daß das Virus vielen Arbeitslosigkeit und Armut gebracht hat und Unternehmen Probleme. Vor 75 Jahren war der 2. Weltkrieg zu Ende, Deutschland war in Trümmern gelegen! Es ging wieder weiter und alles wurde wieder geschafft.

Wir sollten deshalb alle fest zusammenhalten, denn nur in einer Gemeinschaft kann man viel erreichen.

Wir wünschen uns alle, daß wir dieses Virus bekämpfen können.

Brigitte Milbrath

Der Spruch, der mich durch die Coronazeit begleitet:

"Leben ist nicht genug, sagte der Schmetterling. Sonnenschein, Freiheit und eine kleine schöne Blume gehören auch dazu" (Hans- Christian Andersen).

Diese Zeilen passen gut in unsere heutigen Tage. Wir haben mehr Zeit für die kleinen schönen Dinge des Lebens und gehen bestimmt behutsamer und demütiger mit der Natur und den Mitmenschen um.

Ich freue mich schon darauf, mich wieder uneingeschränkt mit Familie und Freunden treffen zu können, und mir wurde jetzt ganz besonders bewußt, wie wertvoll Kontakte sind.
N.N.

Es ist super, in Bayern geboren zu sein. Ich bin am Pfingstsonntag im Mai 1939 in München geboren. Habe viele Jahre in Eichenau und in München gelebt. Set 1986 lebe ich ganz in Eichenau. Bin sehr glücklich. Habe als Kind im Starzelbach in Eichenau schwimmen gelernt. Mit Steinen haben wir das Wasser abgesperrt.

Wir haben eine tollen Ministerpräsidenten Markus Söder, der sich ganz stark für Corona eingesetzt hat. Wir hoffen, daß er noch lange bei uns regiert.

Wir hoffen, daß wir bald Medikamente gegen Corona erhalten!

Irmgard Knopf-Bals

Meine Empfindungen zur Corona-Krise

Am Anfang waren große Ängste in meinem Kopf
- weil ich zur Hoch-Risikogruppe zähle
- mir meine Familie verboten hat, zum Einkaufen aus dem Haus zu gehen
- ich nur alleine spazieren gehen durfte
- ich keine Familie und Freunde treffen und sehen konnte
- alle Aktivitäten gestrichen waren

… und ich bin Single – das waren schwere Entbehrungen!!!

Doch dann kam der Lebensmut zurück und ich habe mich beschäftigt mit
- Telefonieren und WhatsApp schreiben (ist eine sehr gute und wichtige Ablenkung)
- Haushalt erledigen (Putzen, Waschen, Kochen), da kann man sich sehr viel Zeit dafür nehmen
- Und nicht zu vergessen – Lesen und Sonnen auf der Terrasse. Das ist und war wunderbar.

hr

Meine Gedanken zu Corona 2020

Es ist schön, daß ich in Bayern zuhause bin. Unser Minister-präsident, Dr. Markus Söder, ist umsichtig und schaut auf die Gesundheit der Bürgerinnen und Bürger. Er macht einen super Job.
Nach 7 Wochen ist es jetzt befriedigend, die Enkelkinder mit Familie, sowie Freunde wieder zu sehen. Der Muttertag wird mir immer in Erinnerung bleiben.

Glücklich bin ich, daß meine Familie, Freunde und Bekannte gesund sind.
Ich hoffe, daß die Menschen aus dieser Situation gelernt haben. Gesundheit, Glück und Zufriedenheit sind das höchste Gut. Ich rechne auf die Vernunft der Bürger, daß sie die Verhaltensregeln im täglichen Leben sehr ernst nehmen und befolgen, so lange es keinen wirkungsvollen Impfstoff gibt.

Kathi Hetzner

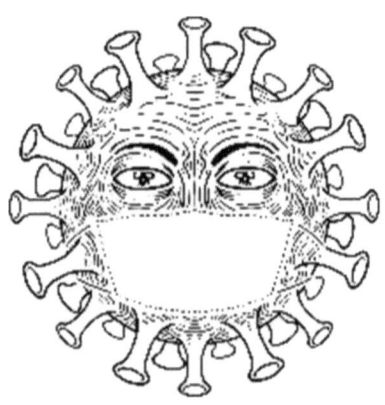

Gedanken zu Corona

Zuerst das Allerwichtigste: Wir sind gesund!!!

Noch ist mir keine Minute langweilig gewesen. Haus und Garten halten mich auf Trab. Ausgleich bringen Radlfahren und Lesen. Zwei Strickobjekte, die seit ca. 25 Jahren ihr Dasein in einem Schrank fristeten, habe ich fertiggestellt.

Mit meinen Töchtern und Enkeln kommuniziere ich entweder an der Haustür oder per Telefon. Per Telefon halte ich auch den Kontakt zu meinen vielen Bekannten, auch aus dem Chor. Dasselbe gilt für's Pflegeheim, das mir doch sehr am Herzen liegt.

An die Kolpingfamilie habe ich ca. 30m Stoff gegeben für Masken, die sie für's Pflegeheim nähen.

Ich bin froh, daß im Pflegeheim Corona noch nicht zugeschlagen hat, denn das wäre ganz schlimm für alle und ich freue mich, wenn das Besuchsverbot etwas gelockert wird.

Mit Sorge denke ich an die vielen Familien und Unternehmen, die kaum oder keine Einkünfte haben und an die vielen armen Menschen auf der Welt (Afrika, Südamerika usw.), die vielen Flüchtlinge, die außer Corona auch noch mit Krieg und Hunger zurechtkommen müssen.

Ich bin dankbar, daß unsere Regierung (Söder und Merkel) so umsichtig, konsequent und auch vorsichtig, ihre Entscheidungen zu Gunsten unserer Gesundheit getroffen haben und ich bin dankbar, daß ich in diesem Land geboren bin und hier leben kann.

Ich glaube, diese Pandemie ist das Schrecklichste, was wir je erlebt haben und ich denke, das einzig Positive ist dies, daß wir uns doch vielleicht besinnen, ob das „immer mehr, immer weiter, immer größer, immer höher" tatsächlich sein muß.

Wir werden auch diese Katastrophe überwinden und positiv und mit viel Elan und Freude am Leben weitermachen.

Marille Musolff

Ich habe meinen eigenen Fitness-Trainer, meinen Enkel Jonas, damit ich nicht ganz einroste, wenn man nicht raus soll. Ich kann mich in keiner Weise beklagen, denn ich habe das große Glück, meine ganze Familie um mich zu haben.

Ich finde, unsere Politiker machen einen guten Job. Mache mir aber trotzdem Sorgen um die Zukunft meiner 5 Enkelkinder.

Elfriede Naton

In den vergangenen Wochen gingen mir sehr viele Gedanken durch den Kopf, alles niederzuschreiben würde vermutlich den Rahmen sprengen.

Aber am meisten habe ich an meine Familie gedacht, besonders an meine beiden Töchter, die beide einer Risikogruppe angehören.

Allgemein würde ich mir wünschen, dass die Menschen etwas aus dieser Krise lernen, und sich immer wieder darauf zurück besinnen. Mit gegenseitiger Rücksichtnahme können wir vieles gemeinsam bewältigen, zum Beispiel, noch schwereren Folgen einer solchen Krise entgegen zu wirken, aber auch für uns und unsere Umwelt etwas zu verbessern. Die Luft ist in letzter Zeit viel sauberer und klarer. Denn wir können uns zusammenreissen und mit Ruhe und Gelassenheit auf vieles verzichten. Ich hoffe, die Leute merken, dass wir so vieles gar nicht brauchen, und eigentlich getrost, unserer Welt zuliebe, darauf verzichten können.

In so einer Zeit wird einem bewusst, was und wer wirklich wichtig im Leben ist.

Renate Zeder

Wie alle anderen auch, habe ich mir einiges vorgenommen.
Aber etwas habe ich in den Vordergrund gestellt: ich will einfach künftig spontaner sein. Wenn ich Freunde oder Bekannte treffe, einfach spontan einen Kaffee oder etwas anderes trinken gehen und ratschen und genießen - das Essen und alles andere kann ich später erledigen
Eine liebe Kollegin, die immer sehr korrekt war, hat einmal gesagt: **"heit mach ich ois morgn"**.
Das ist doch eine gute Einstellung - oder?

Ingrid Weinzierl

Gedanken und Empfindungen in dieser Zeit des Covid-19

Ja, diese Zeit verlangt von uns allen viel Disziplin ab, macht uns aber auch ängstlich, was noch alles auf uns zukommt. Kommt eine neue Infektionswelle, wird ein neuer Impfstoff gegen dieses Virus gefunden und können wir dann aufatmen?

Auch sehr traurig war für mich, dass ich meine Kinder und Enkelkinder nicht in die Arme schließen konnte. Traurig weil ich auch an die vielen Alleinstehenden und Kranken denken muss. Diese Wochen haben mich auch besinnlich und nachdenklich gestimmt, daß nicht alles selbstverständlich ist!!!

Aber ich glaube, daß wir aus dieser Krise gestärkt und hoffe, auch gesund herauskommen. Ich bin ein positiver Mensch und glaube an das Gute.

E. T.

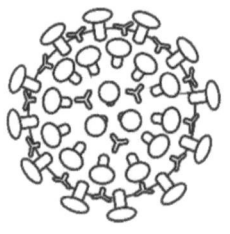

Meine Corona Erinnerung ist nicht so gut. Ich hatte meinen Nachbarn umarmt, als der vom Skifahren aus Ischgl zurückkam. Er wurde positiv getestet und ich musste auch zum Test, denn ich hatte mich als Wahlhelferin gemeldet. Nach einer Woche bekam ich Gott sei Dank eine negative Bewertung. Die Quarantäne von zwei Wochen musste ich trotzdem einhalten.

Ludmilla Peter

Die Corona-Krise macht mich sehr nachdenklich. Ich möchte mich positiv dazu äußern:

- ✓ Mir persönlich geht es gut; meine Familie und ich sind gesund und kommen gut um die Runden.
- ✓ Ich bin dankbar, in Deutschland leben zu können, wenn man Italien,Spanien und Frankreich beobachtet hat.
- ✓ Uns geht es allen gut.
- ✓ Natürlich fehlen mir die sozialen Kontakte immer mehr, aber dank Telefon und Internet sind wir doch gut aufgestellt.
- ✓ Herr Söder hat mich sehr beeindruckt und ich denke er macht seine Arbeit gut.
- ✓ Mir war es noch nie langweilig, ich kann mich gut beschäftigen und komme gut mit meiner Zeit klar. Wenn ich mal gar nichts mache, ist es auch gut.

Ich hoffe, daß wir uns doch irgendwann mal wiedersehen können.

Inge Kullmann

Keinen Schritt darf ich zum Einkaufen.
Die Kinder erledigen alles für uns.
Was bleibt mir noch zu tun?
Zahnarztbesuche und
Fensterputzen.

Christa Fiebig

Zur Zeit habe ich es sehr einfach. Musste ich mich früher entscheiden: Heute an einen See? Museumsbesuch? Ausflug mit der VHS? Rast im Biergarten? ist es jetzt einfach:

Zuhause bleiben, ausmisten, mit meinem Sohn telefonieren und lesen.

Alles schön, aber jetzt fehlen mir doch schon persönliche Kontakte und Außenerlebnisse.

Christa Hoffmann

Bei mir kommen z.Zt. viele Dinge gleichzeitig zusammen. Mein Mann ist seit Anfang März 2020 immer noch im Krankenhaus und ich kann ihn nicht einmal besuchen, da die Corona Verbote dies verhindern. So bleibt uns nur der telefonische Kontakt auch mit Bildübertragung per WhatsApp.

Gott sei Dank ist unsere Tochter aus New York jetzt hier bei mir, um Einkäufe und alle Dinge außerhalb des Hauses zu erledigen, so dass ich zu Hause bleiben kann. Zumindest bin ich dadurch nicht allein im Hause, obwohl unsere Tochter während der Woche „Home Office" und aufgrund des Zeitunterschieds zwischen Deutschland und den USA doch wenig Zeit zur Verfügung hat.

Ein Spaziergang durch die offenen Felder hinter dem Sportplatz hilft immer neuen Mut zu tanken und auf ein baldiges Ende dieses ungewöhnlichen Zustands zu hoffen.

Graziella Volkmar

Es sind für mich die kleinen Dinge/Situationen in dieser Zeit...

Schon seit einigen Jahren sammle ich (wenn im Frühjahr der Fellwechsel ansteht) die Haare meines Pflegepferdes ein und lege sie in einen Blumenuntersetzer auf meinem Terrassentisch aus. Für meine Meisen. Sie lieben diese weichen Haare und kommen fleißig angeflogen um damit ihre Nester auszupolstern. Da mein geliebtes Pferd leider letztes Jahr verstorben ist, mangelte es mir jetzt an Material. Ich sah die Meisen kommen und suchen - und enttäuscht wieder „abfliegen". Mangels Kontakten jetzt in dieser Corona-Krisenzeit kam mir dann die Idee...Ich bürstle zum Frühjahr (Fellwechsel) immer meine Mieze sehr ausgiebig - sie liebt das sehr. Warum nicht die Katzenhaare in den Untersetzer legen?! Gedacht - getan... Aber - keine Meisen. Da war mir klar – „natürlicher Feind" – „Raubtier" – irgendwie werden sie das vermeintlich „riechen" und selbstverständlich damit nicht ihre Nester auskleiden. Doch - auf einmal war der Untersetzer leer. Ich dachte zuerst, der Wind hätte die Haare vielleicht verweht. Ich gab aber nicht auf. Und plötzlich konnte ich es live miterleben - ja – es waren meine kleinen Vögelchen – die mit viel Fleiß diese superweichen Katzenhaare aufpickten und damit verschwanden.

Die Vorstellung, dass die Nistkästen, wenn auch nicht bei mir, aber irgendwo in der Nachbarschaft, jetzt für den kleinen Nachwuchs so wuschig weich ausgepolstert sind, lässt mich jeden Tag, an dem ich das mittlerweile beobachten kann, ein Lächeln ins Gesicht zaubern - und ich bin für Momente zufrieden und verspüre nur Freude.

Und meine liebe Mieze (Pippi) ist auch glücklich, weil sie intensiver als je zuvor täglich von mir gebürstelt wird...

Natascha Musolff

Corona hat uns ausgebremst?

Oder eher nachdenklich und vorsichtiger gemacht? Immer schneller, höher, weiter - auch ich war dabei! Es ist Zeit einen Gang zurück zu schalten!

Habe vor 2 Jahren ein Puzzle gekauft, jetzt war dafür Zeit, Muse und Geduld.

Ingrid Conrad

Zusammenfassung Corona Krise

Am Beginn war Angst. Es wurde mir bewusst, wenn es mich trifft, habe ich vermutlich keine Chance. Also ziehe ich mich zurück in mein Schneckenhaus. Aber ich habe keinen Grund zu jammern, noch lebe ich und ich möchte gerne das machen, was mir am Herzen liegt.

Am Anfang wird erst mal alles geputzt. Dann werden Gerichte gekocht und Kuchen gebacken, die man schon lange mal ausprobieren wollte.

Dann kommen die Botschaften von den Töchtern im Homeoffice, die zusätzlich die Kinder betreuen müssen. Also hinsetzen und Bastel- und Malvorlagen vorbereiten. Das hilft wenigstens den kleinen Enkelkindern a bisserl über die Runden zu kommen. Für die größeren werden Bücher rausgesucht und weitergeleitet. Dank WhatsApp gibt es ein wunderbares Feedback für diese Arbeit.

Einkäufe macht der Sohn, der die Wohnung über unserer Wohnung hat. Auch bei den Kindern bemerke ich Angst – allerdings um mich! Das rührt mich sehr und manchmal muss ich darüber weinen. Und es lässt mich das zunehmende Gefühl der Isolierung leichter ertragen. Ich bemerke: alle geben sich Mühe, damit es mich nicht trifft.

Es bleibt viel Zeit für Gedanken über die Charaktere der Menschen, die verschiedenen Politikformen, die Wissenschaft und die Familie.

Gott sei Dank ist schönes Wetter. Bei jeder Gelegenheit gibt es die Möglichkeit das Fitnessprogramm im Garten zu absolvieren. Dort ist eine unerschöpfliche Quelle für Betätigung und der Tag ist viel zu schnell um. Nicht alle haben diese Möglichkeit und ich bin dankbar dafür.

Dann kommt das Osternesterl von der FU! Was für eine gelungene Überraschung und Freude. Und die Vorfreude auf den Ostersonntag, wenn wir alle uns zu einem besonderen Ostertreff in der

WhatsApp Gruppe sehen. Ich empfinde das wie eine Explosion der Freude. Danke-danke-danke an unseren FU-Vorstand dafür! Die Gemeinschaft, die ich durch die Mädels erfahre, gibt wieder Spaß und Kraft zum Leben. Wann werde ich die Mädels wiedersehen und wieder in den Arm nehmen können? Überhaupt – die vielen „unnützen Messages" von den Mädeln in der WhatsApp Gruppe sind meist witzig, nachdenklich und auch informativ. Ist doch gut, daß wir diese Gruppe haben!

Mein Leben wird sich verändern, solange bis es eine Impfung gibt. Für mich bedeutet das, ich muss mich zurückziehen und ich bin, wenn ich das Haus verlasse, auf die Mitwirkung bzw. die Rücksichtnahme von den Mitmenschen angewiesen - Maske und Abstand das ist ein „MUSS sein". Es bleibt immer nur das Hoffen darauf, dass die Anderen mitmachen.
Bis jetzt hat's geklappt! Danke dafür an alle!

Resi Brandstetter

Wen kümmert dieses scheiss Virus?
Es ist schönes Wetter. Es wird Frühling, geh' raus. Du machst dich fertig, gehst auf einen Kaffee. Trinkst vielleicht noch einen Saft dazu. Bist mit Freunden unterwegs. Alles super. Du gehst zur Mama. "Mama was gibt es zu essen?" Deine Mutter hat gerade dein Lieblingsessen fertiggekocht. Du freust dich. Du küsst sie... Du schaltest den TV ein. Nachrichten. Schon wiiiieder Corona. Siehst die Berichterstattungen über diese unnötige Panikmache. Wen kümmert dieses Virus? Du bist jung.

Scheiß auf Corona. Danach gehst du zum Kaffee zur Oma, die hat wie immer ihren leckeren Kuchen gebacken. Die Oma schaltet das Radio ein und - schon wieder diese Corona Panikmache. Du denkst wieder - was solls ich bin nicht im Alter der Risikogruppen, also was soll mir passieren. Es vergehen 2 Woche...Dein Hals beginnt zu kratzen. Bisschen Fieber. Du siehst deiner Mama - und noch schlimmer - deiner Oma geht´s richtig schlecht. Nach ein paar Tagen habt ihr Drei starke Atemnot, ihr müsst ins Krankenhaus und benötigt ein Bett mit Beatmungsgeräten. Leider ist nur eins da, was die Oma zuerst bekommt. Deine Mama und Du müsst leider warten. Zwei Tage später hat deine Mama beim Warten auf ein entsprechendes Bett den Kampf gegen das Virus verloren und noch ein paar Stunden später auch deine Oma, der einzige der von Euch dreien überlebt bist wirklich Du. Du weinst bitterlich! Jetzt wird Dir endlich klar, daß Du unbewusst mit Deinem unverantwortlichen Verhalten zwei der liebsten Menschen verloren hast - für immer!!! Jetzt denkst Du, hätte ich damals nur das gemacht was so viele Menschen Dir gesagt haben. Und die Moral von der Geschicht: Noch lebt Deine Mutter und Großmutter schalte jetzt Dein Hirn ein und bleib zu Hause !!!
(Post auf Facebook, Pinterest, WhatsApp etc.)

Folge waren ab dem 27. April Ausgangsbeschränkungen, Maskenpflicht, Kitas, Schul- und Geschäftsschließungen - nun demonstrieren aber die Menschen dagegen, gehen auf die Straße.
Die Ausgangsbeschränkungen werden ab dem 6. Mai aufgehoben, stattdessen gilt jetzt eine Kontaktbeschränkung. Es bleibt bei einer Kontaktperson außerhalb des eigenen Haushalts. Zusätzlich dürfen enge Verwandte besucht werden.

Der Marienplatz war gestern am 9. Mai voller Demonstranten - ich bin fassungslos. Ich finde daß das einfach noch zu früh ist - und hoffe und bete, dass das Virus verloren hat.

Ch.H.

Corona Zeit - verrückte Zeit: man lebt nach dem Motto: "Not macht erfinderisch"!

Auf einmal fallen einem verrückte Sachen ein, man hat ja Zeit zum Überlegen.

So bäckt man "Kacki-Kekse" nach dem Motto: sch.... drauf:

Man bäckt Osterkekse. Statt Weihnachtssterne Osterhasen - ist ja Frühling.

Die Gartenterrasse bekommt einen neuen Anstrich, das ungeliebte Malern wird zum Hobby.
Im Gartenteich werden stark verwurzelte Pflanzen entsorgt, man will die Fische in Gänze sehen.

Aber das Wichtigste Motto: Gsund bleim und glücklich sein!

Monika Hereth

Leben in Zeiten von Corona

Meine letzte „Amtshandlung" war die Auszählung der Briefwahl-unterlagen zur Gemeinderatswahl am 15.03.2020. Ein Sonntag. Die Abstandsregeln wurden so weit wie möglich eingehalten und es gab Desinfektionsmittel von der Gemeinde. Trotzdem war es eine eigenartige Stimmung. Ich habe natürlich Freunde getroffen, die auch ausgezählt haben und habe sie auch umarmt, darüber habe ich mir die nächsten vier Wochen viele Gedanken gemacht.

Am nächsten Tag habe ich dann in der Arbeit erfahren, dass all' unsere Kurse (800 Stück) bei der vhs Germering ausgesetzt werden für die nächsten vier Wochen. Wir standen alle unter Strom und versuchten auf unserer Homepage unsere Teilneh-mer/innen zu informieren. Was uns relativ schwer fiel, da wir ja nur begrenzte Informationen hatten.

Das ganze Leben war plötzlich auf den Kopf gestellt, bzw. gestoppt worden. Keine sozialen Kontakte, beschränkte Arbeitszeiten und Herr Söder hat den Katastrophenfall ausgerufen…

Zu diesem Zeitpunkt war ich in der ersten Zeit nur damit beschäftigt, in mich hineinzuhören auf eventuelle Symptome, ein uferloses Unterfangen. Und irgendwann habe ich damit aufgehört, um nicht durchzudrehen. Schließlich waren wir alle in derselben Lage, waren auf uns reduziert und jeder Einkauf wurde zum Highlight des Tages. Kontakte wurden über WhatsApp, FaceTime und ähnliches aufrechterhalten und nach anfängli-chem Hadern kam ich gut damit zurecht. Und Ostern kam dann das entzückende Osterpaket der FU:

Das hat mich positiv gestimmt, dieses Miteinander, dieses Aneinander-Denken. Meine Hoffnung steigt, wir werden eine Zeit nach Corona haben. Wie die dann aussieht, weiß keiner.

Meine Stimmung schwankt von Woche zu Woche. Manchmal überfraut mich die Angst, aber ich versuche sie zu bekämpfen, bringt mich ja auch kein Stück weiter. Und irgendwann beginne ich auch Momente zu genießen, den Blumen im Garten beim Wachsen zusehen, lesen, sticken und Home-Office auf der Terrasse. Hat doch auch was, ohne die Situation um uns alle herum zu vergessen. Das kann ein Weg aus der Krise sein und ich weiß wir sind nicht allein, das ist alles was zählt.

Das rührende Bild aus dieser Zeit ist für mich:

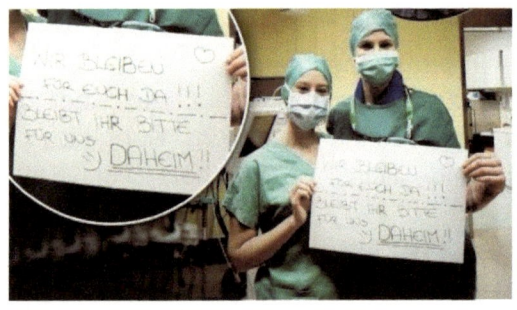

Und außerdem haben mein Mann und ich eine neues Ritual, neben dem Effekt, dass wir in dieser Zeit gemeinsam frühstücken und ich jeden Tag koche:

Ramazzotti für den Herrn
und Eierlikör für die Dame

Ja, wir werden wieder einigermaßen normal weiterleben, wir werden wieder zusammenwachsen, weil wir alle uns in dieser Krise nicht verloren haben. Dankbar bin ich für meine sozialen Kontakte die ich hier habe und dankbar für die vielen kreativen Menschen um mich herum und dankbar für viele warme Worte. Und ich bitte darum: Vergessen wir nicht welche Menschen in dieser Situation den Laden am Laufen gehalten haben: Krankenschwestern und Pfleger, Ärzte, Verkäufer/innen, Postboten, Polizisten usw. Hier muss auch darüber nachgedacht werden wie wir diese entlohnt haben, daß muss sich ändern. Die Politik der Krankenhäuser und Krankenkasse muss sich ändern. Auch die Wertigkeiten müssen sich ändern. Nicht um jeden Preis Schneller-Höher-Weiter...

Und so pathetisch das klingt: Ich bin froh im schönsten Bundesland der Welt zu leben und ich bin froh um unsere Politiker, die diese Situation in meinen Augen sehr gut gemeistert haben und auch weiter meistern werden.

Jutta Huber

Gott im Homeoffice
Über eine Mail habe ich mich so gefreut, dass ich sie auch den Lesern zukommen lassen will. Es ist schön, dass man neben vielem Negativen auch Erfreuliches wahrnehmen darf. Gott spazierte durch Bayern. Er kam an mächtigen Bergen und grünen Tälern vorbei, lief an sprudelnden Flüssen und blauen Seen entlang. Gott lief über grüne Wiesen, und da traf er einen Wanderer. Der fragte ihn: „Gott, was machst Du hier in Bayern?" Gott antwortete: „Homeoffice".

Von allen „Corona-Witzchen" hat diese Geschichte mein Herz so berührt, daß sie einen Platz in unserem Buch haben sollte...

Christiane Koallick

(aus Münchner Merkur)

Frühjahr 2020 – und nichts ist mehr so wie es war

Im Februar 2020 feierte ich noch meinen 60. Geburtstag zuhause mit meiner Familie und mit meinen engsten Freunden, danach wollte ich immer wieder mit verschiedenen kleinen Gruppen nachfeiern. Aber ich konnte gerade noch am 9.3.2020 mit meinen Arbeitskollegen bowlen gehen und danach war Schluss.

Was war passiert? Ein kleiner, aber sehr gefährlicher und sehr ansteckender Virus aus China hat unser komplettes Leben verändert und sich rasend schnell auf der ganzen Welt verbreitet.

Die Nachrichten aus China und die vielen Erkrankten dort führten dazu, dass Patienten auch bei uns separiert wurden, Abstriche im Rachenraum erfolgten (aber nur bei bestimmten Symptomen), Krankenhäuser wurden vorbereitet auf drohenden Intensivbedarf usw. bis dann Ende März eine Ausgangsbeschränkung erfolgte, d.h. nur noch einkaufen und spazieren gehen, bei Notfällen zum Arzt und die Schließung von Arbeitsplätzen, Schulen, Kindergärten, Kitas usw. Das war der sog. Shut down und es war nichts mehr wie vorher. So was konnten wir uns nur vorstellen aus Sience Fiction-Filmen.

Erst Anfang Mai wurden einige Lockerungen langsam wieder eingeführt.

Das alles war nicht einfach, plötzlich konnten wir selbst unsere nahen Verwandten, wie Kinder und Enkelkinder oder Großeltern, nicht mehr sehen und besuchen, durften keine Besuche mehr in Altenheimen und Krankenhäusern machen, Beerdigungen durften nicht mehr stattfinden oder nur im kleinsten Kreis, Hochzeiten mussten ausfallen usw.

Wir hatten alle auf einmal Zeit über so vieles nachzudenken und uns zu überlegen, ob wirklich alle unsere Entscheidungen der letzten Zeit was Wirtschaft, Freizeitplanung, Alltagsabläufe,

Urlaube und das Miteinander anbelangte, richtig sind oder waren...Aber wir waren auch alle gefordert, plötzlich alle zuhause zu sein und den ganzen Tag miteinander auszukommen. Diese eigentlich schon verrückte Zeit hat natürlich auch viele Menschen, insbesondere ältere, und Familien vor enorme Herausforderungen gestellt.

Aber, im Moment sind wir auf dem Weg, Lockerungen zu versuchen, um ein normales Leben, wie wir es gewohnt waren, zu beginnen und merken, dass das Miteinander und die Solidarität (z.B. alten Menschen und Kranken gegenüber sowie mit Arbeitnehmern die in Kurzarbeit sind, Gewerbetreibenden oder Gastronomen, die enorme Einbußen haben) gewachsen ist.

Wir mussten auch schmerzlich erfahren, dass uns Begrüßungen per Handschlag, Bussis, Umarmungen, ein gemütliches Beieinander, gemeinsames Feiern, miteinander sporteln und Spaß haben, enorm fehlt. Aber... jetzt wissen wir, was uns wirklich wichtig ist, was nicht selbstverständlich ist und können aus der Krise lernen und versuchen, vielleicht manches besser zu machen in der Zukunft...

Das waren so meine Gedanken der letzten Wochen. Ich, als medizinische Fachangestellte, habe in dieser Zeit natürlich so manche Erschwernis in meinem Beruf erlebt, aber auch sehr viele tolle Gespräche mit Patienten und Ärzten geführt und hoffe, dass mein Beistand bei so manchem Leid geholfen hat.

Bleibt alle gesund, wir schaffen das.

Silvia Spranger

Es war der 20.3. als die bayrische Regierung verkündet hat, dass die Baumärkte (ich arbeite dort) und vieles mehr am 23.3. schließen.

Kaum war dies ausgesprochen, war bei uns die Hölle los. Jeder private Kunde hat gekauft was ging, als wenn am Montag die Erde nicht mehr existiert...

Jedoch am Montag, man glaubt es kaum, kamen die ersten privaten Kunden (Für Gewerbekunde war ja keine Beschränkung).

„Was? Ich darf nicht einkaufen? Ja, ich brauch doch bloss zwei Schrauben! Könnt ihr da keine Ausnahmen machen?" Ein anderer Kunde „Ich bin doch Stammkunde. Da geht doch sicher was!" Der nächste: „Könnten Sie bitte die Ware vor das Tor legen, dann betrete ich den Baumarkt doch gar nicht..." Ich könnte hier noch jede Menge andere Texte schreiben!

Teils waren die Kunden dann doch einsichtig, andere jedoch leider auch aggressiv und ohne jedes Verständnis.

Und man glaubt es kaum - das ging nicht nur an diesem Montag so, sondern auch am Dienstag und Mittwoch und die darauffolgende Woche und die darauf auch noch. Solange bis es auf Geheiß der Regierung wieder grünes Licht gab, daß die Baumärkte wieder öffnen dürfen.

Kaum war diese Pressekonferenz von unserem Herrn Söder beendet, ging auch schon wieder das Telefon.

„Kann ich jetzt vorbeikommen, ihr habt doch schon wieder auf!" Hallo Leute! Gehts noch?

Für mich vollkommen unverständlich, dass manche unserer Mitbürger/-innen so .... sein können.

Also diese Zeit war Hardcore, nicht nur für mich, sondern auch für meine Kollegen.

Angi Spaett

Ostern 2020
„You never walk alone"

Eichenau, im April 2020

Still sitzen. Nichts tun.
Ostern kommt. Der Frühling kommt.
Das Gras wächst. Die Vöglein zwitschern.

Pandemie hin oder her – der Frühling kommt und mit ihm
die warme Frühlingssonne und das Jubilieren der Vögel.

Der Osterhase packt sein Körbchen, zieht den Mundschutz vors Gesicht und
hoppelt von Haus zu Haus.

Schließ' Deine Augen, lausche, fühle die Wärme auf Deiner Haut und begreife:
selbst drinnen bist Du ein Teil vom großen Draußen.

Ist auch dieses Jahr ein wenig anders: keine großen Familienfeste, kein Treffen mit
Freunden, sind wir doch alle verbunden. Im Herzen, per Telefon, WhatsApp & Co.

Damit wir uns alle an Ostern verbunden sind, ein Vorschlag:

Am Ostersonntag um 11.00h
trinken wir alle gemeinsam ein Glas Sekt und denken an einander.

Mit ganz lieben Grüßen
und bleib gesund
bis hoffentlich bald

Christiane

Sigi Ingrid Martina Angelika
Irmgard Giovanna Monika Gitti Inge Céline Natascha

Trotz allem: Frohe Ostern bei guter Gesundheit

WIR SIND NICHT IM SELBEN BOOT ...

Ich habe gehört, dass wir alle im selben Boot sitzen, aber so ist es nicht. Wir sind im selben Sturm, aber nicht im selben Boot. Dein Schiff könnte Schiffbruch erleiden und meins nicht. Oder umgekehrt. Für einige ist die Quarantäne optimal. Ein Moment der Reflexion, der Wiederverbindung, einfach in Flip-Flops, mit einem Cocktail oder Kaffee. Für andere ist dies eine verzweifelte Finanz- und Familienkrise. Einige, die allein leben, sind sie mit endloser Einsamkeit konfrontiert. Für andere ist es Frieden, Ruhe & Zeit mit ihrer Mutter, Vater, Söhne und Töchtern.

Mit dem wöchentlichen Anstieg der Arbeitslosigkeit um 600 Dollar bringen einige mehr Geld in ihre Haushalte, als sie arbeiteten. Andere arbeiten mehr Stunden für weniger Geld aufgrund von Lohnkürzungen oder Umsatzeinbußen.

Einige Familien von vier Personen erhielten gerade 3400 Dollar von dem Stimulus, während andere Familien von vier Personen 0 Dollar erhielten.

Einige waren besorgt, eine bestimmte Süßigkeit für Ostern zu bekommen, während andere besorgt waren, ob es genug Brot, Milch und Eier für das Wochenende geben würde.

Einige wollen wieder arbeiten, weil sie nicht für Arbeitslosigkeit in Frage kommen und das Geld ausgeht. Andere wollen diejenigen töten, die die Quarantäne brechen.

Einige verbringen 2-3 Stunden/Tag damit, ihrem Kind mit Online-Schulbildung zu helfen, während andere 2-3 Stunden/Tag verbringen, um ihre Kinder zusätzlich zu einem 10-12-Stunden-Arbeitstag zu erziehen.

Einige haben den nahen Tod des Virus erlebt, einige haben bereits jemanden daran verloren und einige sind sich nicht sicher, ob ihre Lieben es schaffen werden. Andere glauben nicht, dass dies eine große Sache ist.

Einige glauben an Gott und erwarten in diesem Jahr 2020 Wunder. Andere sagen, das Schlimmste steht noch aus.

Also, wir sitzen nicht im selben Boot. Wir durchleben eine Zeit, in der unsere Wahrnehmungen und Bedürfnisse völlig unterschiedlich sind. Jeder von uns wird auf seine Weise aus diesem Sturm hervorgehen.

Christiane Koallick   (Diese Zeilen sandte mir ein Freund aus Alabama/ USA)

Euch